Perverzní Sestry

Perverzní Sestry

Aldivan Torres

aldivan teixeira torres

CONTENTS

Perverzní Sestry

Aldivan Torres
Perverzní   Sestry

Autor: ***Aldivan Torres***
2020- Aldivan Torres
Všechna práva vyhrazena

Tato kniha, včetně všech jejích částí, je chráněna autorským právem a nemůže být reprodukována bez svolení autora, dále prodávána nebo převáděna.

Aldivan Torres, Vidoucí, je literární umělec. Slibuje svými spisy, že potěší veřejnost a povede ho k potěšení z potěšení. Sex je jedna z nejlepších věcí, které existují.

Obětavost a poděkování

Tento erotický seriál věnuji všem milovníkům sexu a zvrhlíkům, jako jsem já. Doufám, že splním očekávání všech šílených myslí. Začínám tuto práci s přesvědčením, že Amelinha, Belinha a jejich přátelé budou tvořit historii. Bez dalších okolků, vřelé objetí mých čtenářů.

Zdatné čtení a spousta zábavy.

S láskou, autor.

Prezentace

Amelinha a Belinha jsou dvě sestry, které se narodily a vyrostly ve vnitrozemí Pernambuco. Dcery otců zemědělců věděly brzy, jak čelit těžkostem venkovského života s úsměvem na tváři. Tím dosáhli svých osobních výbojů. První je auditor veřejných financí a druhý, méně inteligentní, je obecní učitel základního vzdělávání v Arcoverde.

I když jsou šťastní profesionálně, oba mají vážný chronický problém týkající se vztahů, protože nikdy nenašli svého prince okouzlujícího, což je sen každé ženy. Nejstarší Belinha přišla na chvíli bydlet k muži. Byl však zrazen tím, co v jeho malém srdci vytvářelo nenapravitelná traumata. Byla nucena se rozejít a slíbila si, že už nikdy nebude trpět kvůli muži. Amelinha, nešťastná věc, nemůže nás ani zasnoubit. Kdo si chce vzít Amelinha? Je to drzá hnědovlasá osoba, hubená, středně vysoká, medově zbarvené oči, střední zadek, prsa jako meloun, hrudník definovaný za podmanivým úsměvem. Nikdo neví, jaký je její skutečný problém, nebo obojí.

Ve vztahu k jejich mezilidskému vztahu mají blízko ke

sdílení tajemství mezi sebou. Vzhledem k tomu, že Belinha byla zrazena darebákem, Amelinha vzala bolesti své sestry a rozhodla se hrát s muži. Obě se staly dynamickým duem známým jako "Perverzní sestry". Navzdory tomu muži milují být jejich hračkami. Není totiž nic lepšího, než milovat Belinha a Amelinha, byť jen na okamžik. Poznáme společně jejich příběhy?

Perverzní Sestry

Perverzní Sestry

Obětavost a poděkování

Prezentace

Černoch

Požár

Lékařská konzultace

Soukromá lekce

Soutěžní test

Návrat učitele

Manický klaun

Prohlídka ve městě Pesqueira

Černoch

Amelinha a Belinha, stejně jako velké profesionálky a milenky, jsou krásné a bohaté ženy integrované do sociálních sítí. Kromě samotného sexu se také snaží o přátelství.

Jednou vstoupil do virtuálního chatu muž. Jeho přezdívka byla "Černý muž". V tu chvíli se brzy zachvěla, protože milovala černochy. Legenda říká, že mají nesporné kouzlo.

"Ahoj krásko! "Zavolal jsi požehnaného černocha.

"Haló, ano? "Odpověděla zajímavá Belinha.

"Všechno skvělé. Přeji dobrou noc!

"Dobrou noc. Miluju černochy!

"To se mě teď hluboce dotklo! Existuje pro to však nějaký zvláštní důvod? Jak se jmenuješ?

"No, důvodem je, že moje sestra a já máme ráda muže, jestli víte, co tím myslím. Co se týče názvu, i když se jedná o velmi soukromé prostředí, nemám co skrývat. Jmenuji se Belinha. Těší mě, že vás poznávám.

"Potěšení je jen moje. Jmenuji se ___________ Flavius, a já jsem opravdu milý!

"Cítil jsem v jeho slovech pevnost. Chcete říct, že moje intuice je správná?

"Na to teď nedokážu odpovědět, protože tím by celá záhada skončila. Jak se jmenuje vaše sestra?

"Jmenuje se Amelinha.

"Amelinha! Krásné jméno! Můžete se popsat fyzicky?

"Jsem blonďatá, vysoká, silná, s dlouhými vlasy, velkým zadkem, středními prsy a mám skulpturální tělo. A vy?

"Černá barva, jeden metr a osmdesát centimetrů vysoká, silná, skvrnitá, paže a nohy tlusté, čisté, ohořelé vlasy a definované tváře.

"Au! Au! Zapneš mě!

"Nedělejte si s tím starosti. Kdo mě zná, nikdy zapomíná?

"Chceš mě teď přivést k šílenství?

"Promiň, zlato! Je to jen pro přidání trochu kouzla do našeho rozhovoru.

"Kolik je ti let?

"Pětadvacet let a vaše?

"Jsem Osmatřicetiletá a moje sestra čtyřiatřicetiletá. Navzdory věkovému rozdílu jsme si pozoruhodně blízcí. V dětství jsme se spojili, abychom překonali těžkosti. Když jsme byli teenageři, sdíleli jsme své sny. A nyní, v dospělosti, sdílíme naše úspěchy a frustrace. Nemůžu bez ní žít.

"Skvělé! Tento váš pocit je neuvěřitelně krásná. Začínám mít nutkání se s vámi oběma setkat. Je stejně zlobivá jako ty?

"V Efektivní způsob, je nejlepší v tom, co dělá. Velmi chytrý, krásný a zdvořilý. Moje výhoda je, že jsem chytřejší.

"Ale nevidím v tom problém. Mám rád obojí.

"Opravdu se vám to líbí? Víte, Amelinha je zvláštní žena. Ne proto, že Je to moje sestra, ale protože má obrovské srdce. Je mi jí trochu líto, protože nikdy nedostala ženicha. Vím, že jejím snem je vdát se. Připojila se ke mně v povstání, protože jsem byl zrazen svým společníkem. Od té doby hledáme jen rychlé vztahy.

"Naprosto chápu. Jsem také zvrhlík. Nemám však žádný zvláštní důvod. Chci si jen užít mládí. Vypadáte jako skvělí lidé.

"Mockrát děkuju. Jste opravdu z Arcoverde?

"Jo, jsem z centra. A vy?

"Z nabídky Čtvrť svatý Kryštof.

"Skvělé. Žijete sami?

"Ano. V blízkosti autobusového nádraží.

"Může vás dnes navštívit nějaký muž?

"Rádi bychom. Ale vy musí zvládnout obojí. OK?

"Neboj se, lásko. Můžu Spravujte až tři.

"Ach ano! Pravdivý!

"Budu přímo tam. Můžete vysvětlit místo?

"Ano. Bude mi potěšením.

"Vím, kde to je. Jdu tam nahoru!

Černoch opustil místnost a Belinha také. Využila toho a přesunula se do kuchyně, kde se setkala se svou sestrou. Amelinha myla špinavé nádobí k večeři.

"Dobrou noc, Amelinha. Nebudete věřit. Uhádnout který přichází.

"Nemám tušení, sestro. Kdo?

"Ten Flavius. Setkal jsem se s ním ve virtuální chatovací místnosti. Dnes bude naší zábavou.

"Jak vypadá?

"Je to černý muž. Zastavili jste se někdy a pomysleli jste si, že by to mohlo být hezké? Chudák Neví, čeho jsme schopni!

"Ono Opravdu je sestra! Pojďme ho dokončit.

"Padne se mnou! "Řekl Belinha.

"Ne! Bude to s "odpověděla Amelinha.

"Jedna věc je jistá: S jedním z nás bude pádu," uzavřela Belinha.

"Je to pravda! Co kdybychom všechno připravili v ložnici?

"Dobrý nápad. Pomůžu vám!

Dvě nenasytné panenky šly do místnosti a nechaly vše organizované pro příchod muže. Jakmile skončí, uslyší zvonit zvonek.

"Je to on, sestro? "Zeptala se Amelinha.

"Pojďme se na to společně podívat! (Belinha)

"No tak! Amelinha souhlasila.

Obě ženy krok za krokem míjely dveře ložnice, míjely jídelnu pokoj a pak přišel do obývacího pokoje. Šli ke dveřím.

Když ji otevřou, setkají se s Flaviovým okouzlujícím a mužným úsměvem.

"Dobrou noc! Dobře? Já jsem Flavius.

"Dobrou noc. Jste srdečně vítáni. Jsem Belinha, která s tebou mluvila na počítači a tato sladká dívka vedle mě je moje sestra.

"Těší mě, že vás poznávám Flavius! "Řekla Amelinha.

"Těší mě, že vás poznávám. Můžu vejít?

"Jistý! "Obě ženy odpověděly současně.

Hřebec měl přístup do místnosti pozorováním každého detailu výzdoby. Co se odehrávalo v té vařící se mysli? Zvláště se ho dotkl každý z těchto ženských exemplářů. Po Na okamžik se podíval hluboko do očí obou děvek a řekl:

"Jsi připraven na to, co jsem přišel udělat?

"Připraven "Potvrdili milenci!

Trojice se prudce zastavila a ušla dlouhou cestu do větší místnosti domu. Zavřením dveří si byli jisti, že nebe půjde do pekla během několika vteřin. Všechno bylo perfektní: uspořádání ručníků, sexuální hračky, porno film hrající na stropní televizi a romantická hudba živá. Nic vám nemohlo vzít potěšení z velkého večera.

Prvním krokem je sedět u postele. Černoch začal svlékat obě ženy. Jejich chtíč a žízeň po sexu byla tak velká, že v těch sladkých dámách vyvolávaly trochu úzkosti. Sundával si tričko a ukazoval hrudník a břicho dobře vypracované každodenním tréninkem v posilovně. Vaše průměrné vlasy v celém tomto kraji vyvolaly od dívek vzdechy. Poté si sundal kalhoty a umožnil pohled na jeho spodní prádlo, což následně ukázalo jeho objem a mužnost. V této době jim dovolil dotknout se orgánu, aby byl vzpřímenější. Bez tajemství odhodil spodní prádlo a ukázal všechno, co mu Bůh dal.

Byl dvaadvacet centimetrů dlouhý a čtrnáct centimetrů v průměru dost na to, aby je přiváděl k šílenství. Aniž by ztráceli čas, padli na něj. Začali předehrou. Zatímco jeden polykal její penis v ústech, druhý olizoval pytle šourku. V této operaci to byly tři minuty. Dost dlouho na to, aby byl zcela připraven na sex.

Pak začal bez preference pronikat do jednoho a pak do druhého. Časté tempo raketoplánu způsobilo sténání, výkřiky a několikanásobné orgasmy po aktu. Bylo to třicet minut vaginálního sexu. Každý polovinu času. Pak skončili orálním a análním sexem.

Požár

Byla chladná, temná a deštivá noc v hlavním městě všech zapadákova Pernambuco. Byly chvíle, kdy přední vítr dosáhl sto kilometrů za hodinu a vyděsil chudé sestry Amelinha a Belinha. Obě perverzní sestry se setkaly v obývacím pokoji své prosté rezidence ve čtvrti svatý Kryštof. Neměli co dělat, a tak si vesele povídali o obecných věcech.

"Amelinha, jaký byl tvůj den v kanceláři farmy?

"Stejná stará věc: organizoval jsem daňové plánování daňové a celní správy, řídil placení daní, pracoval v prevenci a boji proti daňovým únikům. Je to náročná práce a nuda. Ale obohacující a dobře placené. A vy? Jaká byla vaše rutina ve škole? "Zeptala se Amelinha.

"Ve třídě jsem předal obsah a vedl studenty tím nejlepším

možným způsobem. Opravil jsem chyby a vzal dva mobilní telefony studentům, kteří rušili třídu. Také jsem dal kurzy v chování, držení těla, dynamika a užitečné rady. Každopádně, kromě toho, že jsem učitelka, jsem jejich matka. Důkazem toho je, že o přestávce jsem infiltroval třídu studentů a společně s nimi jsme hráli. Podle mého názoru je škola naším druhým domovem a musíme se starat o přátelství a lidské vazby, které z ní máme," odpověděla Belinha.

"Brilantní, moje mladší sestra. Naše práce jsou skvělé, protože poskytují důležité emocionální a interakční konstrukce mezi lidmi. Žádný člověk nemůže žít v izolaci, natož bez psychologických a finančních zdrojů" analyzovala Amelinha.

"Souhlasím. Práce je pro nás nezbytná, protože nás činí nezávislými na převládající sexistické říši v naší zemi. společnosti, "řekl Belinha.

"Přesně. Budeme pokračovat v našich hodnotách a postojích. Člověk je dobrý jen v posteli" poznamenala Amelinha.

"Když už mluvíme o mužích, co si myslíte o křesťanech? "Zeptala se Belinha.

"Splnil moje očekávání. Po takovém zážitku si mé instinkty a mysl vždy žádají o další vytváření vnitřní nespokojenosti. Jaký je váš názor? "Zeptala se Amelinha.

"Bylo to dobré, ale také se cítím jako vy: neúplné. Jsem suchá od lásky a sexu. Chci čím dál víc. Co máme pro dnešek? "Řekl Belinha.

"Došly mi nápady. Noc je chladná, tmavé a tmavé. Slyšíte hluk venku? Je tu hodně deště, intenzivní vítr, blesky a hromy. Bojím se! "Řekla Amelinha.

"Já taky! "Belinha se přiznala.

V tu chvíli je v celém Arcoverde slyšet hromový blesk. Amelinha skočí do klína Belinha, která křičí bolestí a zoufalstvím. Zároveň chybí elektřina, což je oba činí zoufalými.

"Co teď? Co budeme dělat Belinha? "Zeptala se Amelinha.

"Vypadni ze mě, děvka! Dostanu svíčky! "Řekl Belinha.Belinha jemně odstrčila svou sestru na stranu pohovky, zatímco tápala po stěnách, aby se dostala do kuchyně. Jak je dům Malé, dokončení této operace netrvá dlouho. Pomocí taktu vezme svíčky ve skříni a zapálí je zápalkami strategicky umístěnými na sporáku.

Po zapálení svíčky se klidně vrátí do místnosti, kde se setká se svou sestrou s tajemným úsměvem na tváři. Co měla za lubem?

"Můžeš to ventilovat, sestro! Vím, že přemýšlíš něco," řekl Belinha.

"Co kdybychom zavolali městský hasičský sbor varující před požárem? Řekla Amelinha.

"Dovolte mi, abych to uvedl na pravou míru. Chcete vymyslet fiktivní oheň, který by tyto muže nalákal? Co když nás zatknou? "Belinha se bála.

"Můj kolego! Jsem si jistý, že překvapení budou milovat. Co lepšího mají dělat v temné a nudné noci, jako je tato? "Řekla Amelinha.

"Máš pravdu. Poděkují vám za zábavu. Rozbijeme oheň, který nás stravuje zevnitř. Nyní přichází otázka: Kdo bude mít odvahu je zavolat? "Zeptal se Belinha.

"Jsem velmi stydlivá. Tento úkol přenechávám tobě, má sestro" řekla Amelinha.

"Vždycky já. OK. Ať se stane cokoli Amelinha." uzavřel Belinha.

Belinha vstává z gauče a jde ke stolu v rohu, kde je nainstalován mobil. Zavolá na tísňovou linku hasičů a čeká na odpověď. Po několika dotecích uslyší hluboký, pevný hlas promlouvající z druhé strany.

"Dobrou noc. To je hasičský sbor. Co chceš?

"Jmenuji se Belinha. Bydlím v Čtvrť svatý Kryštof zde v Arcoverde. Moje sestra a já jsme zoufalí ze všeho toho deště. Když elektřina vypadla tady v našem domě, způsobila zkrat a začala zapalovat objekty. Naštěstí jsme se sestrou šly ven. Oheň pomalu stravuje dům. Potřebujeme pomoc hasičů," řekla zoufalá dívka.

"Ber to s nadhledem, příteli. Brzy tam budeme. Můžete poskytnout podrobné informace o vaší poloze? "Zeptal se hasič ve službě.

"Můj dům je přesně na centrální třída, třetí dům vpravo. Je to v pořádku s ty?

"Vím, kde to je. Budeme tam za pár minut. Buď v klidu."řekl hasič.

"Čekáme. Děkuju! "Děkuji, Belinha.

Vrátili se na gauč se širokým úsměvem, oba si odložili polštáře a odfrkli si zábavou, kterou dělali. To se však nedoporučuje, pokud nebyly dva děvky jako ony.

Asi o deset minut později uslyšeli zaklepání na dveře a šli odpovědět. Když otevřeli dveře, čelili třem magickým tvářím, z nichž každá měla svou charakteristickou krásu. Jeden byl černý, šest stop vysoký, nohy a paže střední. Další byl tmavý, metr a devadesát vysoký, svalnaté a sochařské. Třetí byl bílý, malý, tenký, ale velmi laskavý. Bílý chlapec se chce představit:

"Ahoj, dámy, dobrou noc! Jmenuji se Roberto. Tento muž vedle se jmenuje Matouš a hnědý muž Filip. Jak se jmenujete a kde je oheň?

"Jsem Belinha, mluvil jsem s tebou po telefonu. Toto Hnědovlasá osoba je tady moje sestra Amelinha. Pojďte dál a já vám to vysvětlím.

"OK. Přijali tři hasiče najednou.

Kvintet vstoupil do dům a všechno se zdálo normální, protože elektřina se vrátila. Usadí se na pohovce v obývacím pokoji spolu s dívkami. Podezřelí, dělají konverzaci.

"Oheň skončil, že? "Zeptal se Matthew.

"Ano. Už ji ovládáme díky hrdinské úsilí," vysvětlila Amelinha.

"Soucit! Chtěl jsem pracovat. Tam v kasárnách je rutina tak monotónní," řekl Felipe.

"Mám nápad. Co takhle pracovat příjemnějším způsobem? "Navrhla Belinha.

"Chceš říct, že jsi to, co si myslím? "Ptal se Felipe.

"Ano. Jsme svobodné ženy, které milují potěšení. Máte náladu na zábavu? "Zeptal se Belinha.

"Pouze pokud půjdete nyní" odpověděl černoch.

"Já jsem taky" potvrdil Hnědý muž.

"Počkej na mě "Bílý chlapec je k dispozici.

"Takže Pojďme," řekly dívky.

Kvintet vstoupil do pokoje se společnou manželskou postelí. Pak začaly sexuální orgie. Belinha a Amelinha se střídali, aby se zúčastnili potěšení tří hasičů. Všechno se zdálo kouzelné a nebyl lepší pocit než být s nimi. S různými dary zažívali sexuální a poziční variace vytvářející dokonalý obraz.

Dívky se zdály být nenasytné ve svém sexuálním zápalu, který přiváděl tyto profesionály k šílenství. Celou noc měli sex a zdálo se, že rozkoš nikdy neskončí. Oni Neodešli, dokud nedostali naléhavý hovor z práce. Dali výpověď a šli odpovědět na policejní zprávu. Přesto na ten nádherný zážitek po boku "Perverzních sester" nikdy nezapomenou.

Lékařská konzultace

Krásnému vnitrozemskému hlavnímu městu svitlo. Obvykle se obě perverzní sestry probouzely brzy. Když však vstanou, necítili se dobře. Zatímco Amelinha stále kýchala, její sestra Belinha se cítila trochu přidušená. Tyto skutečnosti Přišli z předešlé noci na válečné virginské náměstí, kde pili, líbali na ústa a harmonicky frkli v klidné noci.

Protože se necítili dobře a neměli sílu na nic, seděli na gauči a nábožně přemýšleli, co dělat, protože profesní závazky čekaly na vyřešení svých závazků.

"Co děláme, sestro? Jsem úplně bez dechu a vyčerpaná" řekl Belinha.

"Řekni mi o tom! Bolí mě hlava a začínám mít virus. Jsme ztraceni! "Řekla Amelinha.

"Ale já Nemyslete si, že je to důvod, proč si nechat ujít práci! Lidé jsou na nás závislí! "Řekla Belinha

"Uklidnit Nepanikařme! Co kdybychom se připojili k pěknému? "Navrhla Amelinha.

"Neříkej mi, že si myslíš to, co si myslím já... "Belinha byla ohromená.

"To je pravda. Pojďme společně k lékaři! Bude to velký důvod, proč přijít o práci a kdo ví, nestane se to, co chceme! "Řekla Amelinha

"Skvělý nápad! Tak na co čekáme? Pojďme se připravit! "Zeptal se Belinha.

"No tak! "Amelinha souhlasila.

Oba odešli do svých výběhů. Byli tak nadšeni tímto rozhodnutím; oni ani nevypadal nemocně. Byl to všechno jen jejich výmysl? Odpusť mi, čtenáři, nemysli špatně na naše drahé přátele. Místo toho je budeme doprovázet v této vzrušující nové kapitole jejich života.

V ložnici se koupali ve svých apartmá, oblékli si nové oblečení a boty, česali si dlouhé vlasy, oblékli si francouzštinu parfém a pak šel do kuchyně. Tam rozbili vejce a sýr, naplnili dva bochníky chleba a jedli s chlazenou šťávou. Všechno bylo neuvěřitelně chutné. Přesto se zdálo, že to necítí, protože úzkost a nervozita před schůzkou lékaře byla obrovská.

Když bylo vše připraveno, opustili kuchyň a vyšli z domu. S každým krokem, který udělali, jejich malá srdce pulzovala emocemi a přemýšlela o zcela novém zážitku. Budiž jim všem požehnáni! Zmocnil se jich optimismus a ostatní ho měli následovat!

Na vnější straně domu jdou do garáže. Otevřou dveře na dva pokusy a postaví se před skromné červené auto. Navzdory jejich dobrému vkusu v automobilech dávali přednost populárním před klasikou ze strachu z běžného násilí přítomného v autě. všechny brazilské regiony.

Dívky bez otálení nastoupí do auta, které opatrně vyjíždí a jedna z nich zavírá garáž a hned poté se vrací k autu. Kdo řídí, je Amelinha se zkušenostmi již deset let? Belinha zatím nesmí řídit.

Ten Znatelně krátká cesta mezi jejich domovem a nemocnicí je provedena s bezpečností, harmonií a klidem. V tu chvíli měli falešný pocit, že mohou udělat cokoliv. Naopak, báli se jeho mazanosti a svobody. Sami byli podniknutými kroky překvapeni. Nebylo to pro nic menšího, že byli nazýváni děvkami dobrými parchanty!

Po příjezdu do nemocnice naplánovali schůzku a čekali, až jim zavolají. V tomto časovém intervalu využili svačiny a vyměnili si zprávy prostřednictvím mobilní aplikace se svými drahými sexuálními služebnicemi. Cyničtější a veselejší než tyto, to bylo nemožné být!

Po chvíli Je řada na nich, aby se viděli. Nerozlučně vstupují do pečovatelské kanceláře. Když k tomu dojde, lékař téměř má infarkt. Před nimi byl vzácný kus muže: vysoká blonďatá osoba, metr a devadesát centimetrů vysoká, vousatá, vlasy tvořící culík, svalnaté paže a prsa, přirozené tváře s andělským vzhledem. Ještě předtím, než mohli vypracovat reakci, vyzval:

"Posaďte se, oba!

"Děkuju! "Řekli obojí.

Oba mají čas na rychlou analýzu prostředí: před obslužným stolem, doktorem, židlí, ve které seděl a za skříní. Na pravé straně postel. Na stěně expresionistické obrazy autora Cândido Portinari zobrazující muže z venkova. Atmosféra je velmi útulná a nechává dívky v klidu. Atmosféru relaxace narušuje formální stránka konzultace.

"Řekněte mi, co cítíte, děvčata!

To dívkám znělo neformálně. Jak sladký byl ten blonďák! Muselo to být chutné jíst.

"Bolest hlavy, indispozice a virus! "Řekl jsem Amelinha.

"Jsem zadýchaná a unavená! "Tvrdil Belinha.

"Je to OK! Dovolte mi se podívat! Lehněte si na postel! "Zeptal se Doktor.

Ten Děvky na tuto žádost sotva dýchaly. Profesionál je donutil sundat část oblečení a cítil je v různých částech, což způsobilo zimnici a studený pot. Když si uvědomil, že s nimi není nic vážného, ošetřovatel zažertoval:

"Všechno vypadá perfektně! Čeho chcete, aby se báli? Injekce do zadku?

"To je super! Pokud je to velká a tlustá injekce, ještě lepší! "Řekl Belinha.

"Budeš se hlásit pomalu, lásko? "Řekla Amelinha.

"Už teď žádáte příliš mnoho! "Poznamenal klinický lékař.

Opatrně zavře dveře a padá na dívky jako divoké zvíře. Nejprve sundá zbytek oblečení z těl. To ještě více zostřuje jeho libido. Tím, že je úplně nahý, na okamžik obdivuje tyto sochařské bytosti. Potom Je řada na něm, aby se předvedl. Dohlíží na to, aby se svlékli. To zvyšuje souhru a intimitu mezi skupinou.

Se vším připraveným začínají předběžné otázky sexu. Použitím jazyka v citlivých partiích, jako je konečník, zadek a ucho, způsobuje blondýnka u obou žen orgasmus mini rozkoše. Všechno šlo dobře, i když někdo stále klepal na dveře. Žádné východisko, musí odpovědět. Trochu pochodí a otevře dveře. Přitom narazí na pohotovostní sestru: štíhlou ženskou osobu s tenkýma nohama a výjimečně nízkou.

"Pane doktore, mám otázku ohledně léků pacienta: je to pět nebo tři sta miligramů aspirin? "Zeptal jsem se Roberta, jak ukazuje recept.

"Pět set! "Potvrdil Alex.

V tu chvíli sestra uviděla nohy nahých dívek, které se snažily skrýt. Uvnitř se smál.

"Trochu vtipkovat, co, doktore? Ani nevolejte svým přátelům!

"Omlouvám se! Chcete se přidat ke gangu?

"Rád bych!

"Tak přijďte!

Oba vstoupili do místnosti a zavřeli za sebou dveře. Více než rychle, Dva závody se svlékl. Nahý ukázal svůj dlouhý, tlustý, žilnatý stěžeň jako trofej. Belinha byla potěšena a brzy mu poskytovala orální sex. Alex také požadoval, aby Amelinha udělala totéž s ním. Po orálním podání začali anální. V této části bylo pro Belinha nesmírně obtížné udržet se na sestřině monstrózním péru. Ale jakmile vnikl do díry, jejich potěšení bylo obrovské. Na druhou stranu necítili žádné potíže, protože jejich penis byl normální.

Pak měli vaginální sex v různých polohách. Pohyb tam a zpět v dutině způsobil halucinace v nich. Po této fázi se čtyři spojili ve skupinovém sexu. Byl to nejlepší zážitek, ve kterém byly vynaloženy zbývající energie. O patnáct minut později byli oba vyprodaní. Pro sestry by sex nikdy neskončil, ale dobře, protože byly respektovány křehkosti těchto mužů. Nechtěli rušit svou práci, a tak přestali brát potvrzení o zdůvodnění práce a svůj osobní telefon. Během přechodu nemocnice odcházeli zcela vyrovnaní, aniž by vzbudili něčí pozornost.

Když dorazili na parkoviště, nastoupili do auta a vydali se na cestu zpět. I když jsou šťastní, už přemýšleli o své další sexuální žert. Perverzní sestry byly opravdu něco!

Soukromá lekce

Bylo to odpoledne jako každé jiné. Nově příchozí z práce, perverzní sestry, byly zaneprázdněny domácími pracemi. Po dokončení všech úkolů se shromáždili v místnosti, aby si trochu odpočinuli. Zatímco Amelinha četla knihu, Belinha používala mobilní internet k procházení svých oblíbených webových stránek.

V určitém okamžiku druhý výkřiky nahlas v místnosti, což děsí její sestru.

"Co to je, děvče? Šílíš? "Zeptala se Amelinha.

"Právě jsem se dostal na webové stránky soutěží s vděčným překvapením," informoval Belinha.

"Pověz mi víc!

"Registrace spolkového krajského soudu jsou otevřené. Uděláme to?

"Dobrý hovor, má sestro! Jaký je plat?

"Více než deset tisíc počátečních dolarů.

"Velmi dobře! Moje práce je lepší. Do soutěže se ale pustím, protože se připravuji na další akce. Bude sloužit jako experiment.

"Vedeš si velmi dobře! Povzbuzujete mě. Teď nevím, kde začít. Můžete mi dát tipy?

"Kupte si virtuální kurz, ptejte se na spoustu otázek na testovacích stránkách, dělejte a opakujte předchozí testy, pište shrnutí, sledujte tipy a stahujte dobré materiály na internetu mimo jiné.

"Děkuji! Vezmu všechny tyto rady! Ale potřebuji něco víc. Podívej, sestro, když už máme peníze, co kdybychom zaplatili za soukromou lekci?

"To mě nenapadlo. To je inovativní myšlenka! Máte nějaké návrhy na kompetentní osobu?

"Mám tady velmi schopného učitele z Arcoverde ve svých telefonních kontaktech. Podívejte se na jeho obrázek!

Belinha dala své sestře svůj mobilní telefon. Když viděla chlapcův obraz, byla u vytržení. Kromě toho, že byl hezký, byl chytrý! Byla by to dokonalá obět páru, který spojuje užitečné s příjemným.

"Na co čekáme? Sežeňte ho, sestro! Musíme brzy studovat. "Řekla Amelinha.

"Máš to!" Belinha přijala.

Vstala z gauče a začala vytáčet čísla telefonu na číselné klávesnici. Jakmile je hovor uskutečněn, bude trvat jen několik okamžiků, než bude přijat.

"Dobrý den. Vy všichni, že?

"Je to všechno skvělé, Renato.

"Rozesílejte rozkazy.

"Surfoval jsem po internetu, když jsem zjistil, že přihlášky do soutěže federálního krajského soudu jsou otevřené.

Okamžitě jsem pojmenoval svou mysl jako váženého učitele. Vzpomínáte si na školní období?

"Na tu dobu si dobře vzpomínám. Dobré časy ti, kteří se nevrátí!

"Přesně tak! Máte čas dát nám soukromou lekci?

"Jaký rozhovor, mladá dámo! Pro vás mám vždy čas! Jaké datum stanovíme?

"Můžeme to udělat zítra ve 2:00? Musíme začít!

"Samozřejmě, že mám! S mou pomocí pokorně říkám, že šance na průchod se neuvěřitelně zvyšují.

"Jsem si tím jistý!

"Jak dobré! Můžete mě očekávat ve 2:00.

"Děkuji mnohokrát! Zítra ahoj!

"Uvidíme se později!

Belinha zavěsil telefon a načrtl úsměv pro svého společníka. Amelinha tušila odpověď a zeptala se:

"Jak to šlo?

"Přijal. Zítra ve 2:00 tu bude.

"Jak dobré! Nervy mě zabíjejí!

"Jen se uklidni, sestro! Bude to v pořádku.

"Amen!

"Připravíme večeři? Už mám hlad!

"Dobře si vzpomněl.!

Dvojice šla z obývacího pokoje do kuchyně, kde si v příjemném prostředí povídala, hrála, vařila mimo jiné činnosti. Byly to příkladné postavy sester, které spojovala bolest a osamělost. Skutečnost, že byly Bastardi v sexu je kvalifikovali ještě více. Jak všichni víte, brazilská žena má teplou krev.

Brzy poté se bratřili u stolu a přemýšleli o životě a jeho peripetiích.

"Když jsem jedl tohle lahodné Kuřecí krém, vzpomněl jsem si na černocha a hasiče! Okamžiky, které nikdy nepominou! "Belinha řekla!

"Pověz mi o tom! Ti kluci jsou vynikající! Nemluvě o zdravotní sestře a lékaři! Taky jsem to miloval! "Vzpomněl jsem si na Amelinha!

"To je pravda, má sestro! S krásným stožárem se každý člověk stává příjemným! Kéž mi feministky odpustí!

"Nemusíme být tak radikální...!

Oba se smějí a pokračují v jídle na stole. Na chvíli na ničem jiném nezáleželo. Oni byly na světě samy, a to je kvalifikovalo jako bohyně krásy a lásky. Protože nejdůležitější je cítit se dobře a mít sebeúctu.

Věří v sebe a pokračují v rodinném rituálu. Na konci této fáze surfují po internetu, poslouchají hudbu na stereo v obývacím pokoji, sledují telenovely a později pornofilm. Tento spěch je zanechává bez dechu a unavené a nutí je odpočívat ve svých pokojích. Netrpělivě čekali na další den.

Ono Nebude trvat dlouho, než upadnou do hlubokého spánku. Kromě nočních můr se noc a úsvit odehrávají v normálním rozmezí. Jakmile přijde svítání, vstanou a začnou dodržovat běžnou rutinu: koupel, snídani, práci, návrat domů, koupel, oběd, zdřímnutí a přesun do místnosti, kde čekají na plánovanou návštěvu.

Když uslyší klepání na dveře, Belinha vstane a jde odpovědět. Přitom narazí na usměvavou učitelku. To mu způsobilo dobré vnitřní uspokojení.

"Vítej zpátky, příteli! Jste připraveni nás učit?

"Ano, velmi, velmi připraven! Ještě jednou díky za tuto příležitost! "Řekl Renato.

"Pojďme dovnitř!" Řekl Belinha.

Chlapec se nerozmýšlel a přijal žádost dívky. Pozdravil Amelinha a na její znamení se posadil na pohovku. Jeho prvním postojem bylo sundat si černou pletenou halenku, protože byla příliš horká. S tím opustil svou studnu-pracoval v tělocvičně, pot kapal a jeho tmavé světlo. Všechny tyto detaily byly pro tyto dva "zvrhlíky" přirozeným afrodiziakem.

Předstírali, že se nic neděje, a tak mezi nimi začal rozhovor.

"Připravil jste dobrou třídu, pane profesore?" Zeptala se Amelinha.

"Jasně! Začněme, s jakým článkem? "Zeptal se Renato.

"Nevím... "řekla Amelinha.

"Co kdybychom se nejdřív pobavili? Poté, co sis sundal košili, jsem zmokl! "Přiznal Belinha.

"Já taky," řekla Amelinha.

"Vy dva jste opravdu sexuální maniaci! Není to to, co miluji? "Řekl pán.

Aniž by čekal na odpověď, sundal si modré džíny, které ukazovaly adduktorové svaly na stehně, sluneční brýle ukazovaly jeho modré oči, a nakonec jeho spodní prádlo ukazovalo dokonalost dlouhého penisu, střední tloušťky a trojúhelníkové hlavy. Stačilo, aby malé děvky spadly na vrchol a začaly se těšit z toho mužného, žoviálního těla. S jeho pomocí se svlékli a začali s přípravou sexu.

Stručně řečeno, bylo to nádherné sexuální setkání, kde zažili mnoho nových věcí. Bylo to čtyřicet minut divokého sexu v naprosté harmonii. V těchto chvílích byly emoce tak velké, že si ani nevšimli času a prostoru. Proto byly nekonečné skrze Boží lásku.

Když se dostali do extáze, trochu si odpočinuli na gauči. Poté studovali disciplíny, které soutěž vyhlásila. Jako studenti byli oba užiteční, inteligentní a disciplinovaný, což si všiml učitel. Jsem si jist, že byli na cestě ke schválení.

O tři hodiny později přestali slibovat nové studijní schůzky. Šťastné v životě, perverzní sestry se postaraly o své další povinnosti a přemýšlely o svých dalších dobrodružstvích. Ve městě byli známí jako "Nenasytní".

Soutěžní test

Už je to nějaký čas. Asi dva měsíce se perverzní sestry věnovaly soutěži podle času, který měl k dispozici. Každý den, který uplynul, byli lépe připraveni na to, co přišlo a odešlo. Současně došlo k sexuálním setkáním a v těchto okamžicích byli osvobozeni.

Testovací den konečně nastal. Obě sestry brzy opustily hlavní město vnitrozemí a začaly chodit po dálnici BR 232 o celkové délce 250 km. Cestou projížděli kolem hlavních bodů vnitrozemí: Pesqueira, Krásná zahrada, Svatý Caetano, Caruaru, Gravatá, Telata a Vítězství svatého Antao. Každé z těchto měst mělo svůj příběh a ze svých zkušeností ho zcela vstřebali. Jak dobré bylo vidět hory, Atlantický les, caatinga, farmy, farmy, vesnice, malá města a popíjet čistý vzduch přicházející z lesů. Pernambuco byl nádherný stát!

Vstupem do městského obvodu hlavního města oslavují

dobrou realizaci cesty. Vezměte hlavní cestu do sousedství dobrý výlet, kde by provedli test. Na cestě čelí přetíženému provozu, lhostejnosti od cizinců, znečištěným vzduchu a nedostatek vedení. Ale nakonec to zvládli. Vstoupí do příslušné budovy, identifikují se a zahájí test, který by trval dvě období. Během první části testu jsou zcela zaměřeni na výzvu otázek s výběrem odpovědí. No, vypracované bankou zodpovědnou za tuto událost, podnítilo nejrozmanitější rozpracování těchto dvou. Podle jejich názoru si vedli dobře. Když si vzali přestávku, šli na oběd a džus do restaurace před budovou. Tyto okamžiky pro ně byly důležité, aby si udrželi důvěru, vztah a přátelství.

Poté se vrátili na testovací místo. Poté začala druhá část akce s otázkami týkajícími se jiných disciplín. I když nedrželi stejné tempo, byli ve svých odpovědích stále velmi vnímaví. Dokázali tak, že nejlepší způsob, jak projít soutěžemi, je věnovat hodně studiu. O chvíli později svou sebevědomou účast ukončili. Předali důkazy, vrátili se k autu a vydali se směrem k nedaleké pláži.

Cestou hráli, zapínali zvuk, komentovali závod a postupovali ulicemi Recife a sledovali osvětlené ulice hlavního města, protože to bylo Noc. Žasnou nad podívanou, kterou vidí. Není divu, že město je známé jako "hlavní město tropů". Slunce zapadlo a dalo prostředí ještě nádhernější vzhled. Jak krásné být tam v tu chvíli!

Když dosáhli nového bodu, přiblížili se ke břehům moře a pak se pustili do jeho chladných a klidných vod. Vyvolaný pocit je extatický radost, spokojenost, spokojenost a mír. Ztrácejí pojem o čase a plavou, dokud nejsou unavení. Poté leží na pláži ve světle hvězd bez strachu nebo obav. Magie se jich zmocnila brilantně. Jedním ze slov, které bylo v tomto případě použito, bylo "nezměřitelné".

V určitém okamžiku, kdy je pláž téměř opuštěná, se blíží dva muži dívek. Snaží se vstát a běžet tváří v tvář nebezpečí. Ale jsou zastaveni silnými pažemi chlapců.

"Berte to s nadhledem, děvčata! Nehodláme vám ublížit! Žádáme jen o trochu pozornosti a náklonnosti! "Jeden z nich promluvil.

Tváří v tvář jemnému tónu se dívky dojetím zasmály. Pokud chtěli sex, proč je neuspokojit? Byly odborníků v tomto umění. V reakci na jejich očekávání vstali a pomohli jim svléknout se. Dodali dva kondomy a udělali striptýz. Stačilo to k tomu, aby se ti dva muži zbláznili.

Padli na zem, milovali se ve dvojicích a jejich pohyby způsobovaly, že se podlaha třásla. Dovolili si všechny sexuální variace a touhy obou. V tomto místě dodání Nestaral se o nic a nikoho. Byli sami ve vesmíru ve velkém rituálu lásky bez předsudků. V sexu byli plně propleteni a vytvářeli sílu, kterou nikdy neviděli. Stejně jako nástroje byly součástí větší síly v pokračování života.

Jen vyčerpání je nutí přestat. Plně spokojeni muži odešli a odešli. Dívky se rozhodnou vrátit se k autu. Začínají svou cestu zpět do svého bydliště. No, vzali si s sebou své zkušenosti a očekávali dobré zprávy o soutěži, které se zúčastnili. Určitě si zasloužili největší štěstí na světě.

O tři hodiny později se vrátili domů v klidu. Děkují Bohu za požehnání, která jim bylo uděleno tím, že jdou spát. Onehdy jsem čekal na další emoce pro oba maniaky.

Návrat učitele

Úsvit. Slunce vychází brzy a jeho paprsky procházejí škvírami okna a hladí tváře našich drahých dětí. Kromě toho v nich pomohl vytvořit náladu jemný ranní vánek. Jak krásné bylo mít příležitost mít další den s otcovým požehnáním. Oba pomalu vstávají ze svých postelí v ve stejnou dobu. Po koupání se jejich setkání koná v baldachýnu, kde společně připravují snídani. Je to okamžik radosti, očekávání a rozptýlení sdílení zážitků v neuvěřitelně fantastických časech.

Po snídani se shromáždí kolem stolu pohodlně usazeni na dřevěných židlích s opěradlem pro sloup. Zatímco jedí, vyměňují si intimní zážitky.

Portugalsko

Sestro, co to bylo?

Portugalsko

Čisté emoce! Stále si pamatuji každý detail těl těch drahých kreténů!

Portugalsko

Já taky! Cítil jsem nesmírnou rozkoš. Bylo to téměř mimosmyslové.

Portugalsko

Já vím! Dělejme tyhle bláznivé věci častěji!

Portugalsko

Souhlasím!

Portugalsko

Líbil se vám test?

Portugalsko

Miloval jsem to. Umírám touhou zkontrolovat svůj výkon!

Portugalsko

Já taky!

Jakmile dojedly, dívky zvedly své mobilní telefony prostřednictvím mobilního internetu. Přešli na stránku organizace, aby zkontrolovali zpětnou vazbu důkazu. Napsali to na papír a šli do místnosti, aby zkontrolovali odpovědi.

Uvnitř skákali radostí, když uviděli dobrou notu. Prošli! Emoce, které cítil, se teď nedaly ovládnout. Po mnoha oslavách má nejlepší nápad: pozvat mistra Renato, aby mohli oslavit úspěch mise. Belinha je opět pověřena vedením mise. Zvedne telefon a zavolá.

Portugalsko

Dobrý den?

Renato

Ahoj, jsi v pořádku? Jak se máš, sladká Belle?

Portugalsko

Moc dobře! Hádejte, co se právě stalo.

Renato

Neříkej mi, že ty....

Portugalsko

Ano! Prošli jsme soutěží!

Renato

Gratulujeme! Neříkal jsem ti to?

Portugalsko

Chci vám ve všech směrech moc poděkovat za spolupráci. Rozumíte mi, že?

Renato

Rozumím. Musíme něco nastavit. Nejlépe u vás doma.

Portugalsko

To je přesně důvod, proč jsem zavolal. Můžeme to udělat dnes?

Renato

Ano! Dnes večer to dokážu.

Portugalsko

Divit se. Očekáváme vás pak v osm hodin večer.

Renato

OK. Mohu přivést svého bratra?

Portugalsko

Samozřejmě!

Renato

Uvidíme se později!

Portugalsko

Uvidíme se později!

Spojení končí. Při pohledu na svou sestru se Belinha zasměje štěstím. Zvědavě se druhý ptá:

Portugalsko

No a co? on přijde?

Portugalsko

To je v pořádku! Dnes v osm hodin večer se znovu sejdeme. On a jeho bratr přicházejí! Přemýšleli jste o orgiích?

Portugalsko

Řekni mi o tom! Už teď pulzuji emocemi!

Portugalsko

Budiž srdce! Doufám, že to vyjde!

Portugalsko

"Všechno se vypracovalo!

Oba smích současně naplňuje prostředí pozitivními vibracemi. V tu chvíli jsem nepochyboval o tom, že osud se spikl pro noc zábavy pro toto maniakální duo. Společně již dosáhli tolika etap, že by nyní neochabli. Proto by měly pokračovat v modlářství mužů jako sexuální hry a pak je odhodit. To bylo to nejmenší, co rasa mohla udělat, aby zaplatila za své utrpení. Ve skutečnosti si žádná žena nezaslouží trpět. Nebo spíše, každá žena si nezaslouží žádnou bolest.

Je čas pustit se do práce. Obě sestry opouštějí pokoj již připravený a jdou do garáže, odkud odjíždějí ve svém soukromém autě. Amelinha vezme Belinha nejprve do školy a pak odchází do kanceláře farmy. Tam vyzařuje radost a vypráví odborné zprávy. Za schválení soutěže dostává gratulace všech. Totéž se děje Belinha.

Později se vrátí domů a znovu se setkávají. Poté začíná příprava na přijetí vašich kolegů. Den sliboval, že bude ještě výjimečnější.

Přesně v naplánovaný čas slyší klepání na dveře. Belinha, nejchytřejší z nich, vstane a odpoví. Pevnými a bezpečnými kroky se postaví do dveří a pomalu je otevře. Po dokončení této operace si představí dvojici bratrů. Se signálem od hostitele vstupují a usadí se na pohovce v obývacím pokoji.

Renato

To je můj bratr. Jmenuje se Ricardo.

Portugalsko

Rád tě poznávám, Ricardo.

Portugalsko

Jste zde vítáni!

Ricardo

Děkuji vám oběma. Potěšení je jen moje!

Renato

Jsem připraven! Můžeme prostě jít do pokoje?

Portugalsko

No tak!

Portugalsko

Kdo koho dostane teď?

Renato

Belinha si vybírám sám.

Portugalsko

Děkuji, Renato, děkuji! Jsme spolu!

Ricardo

Budu rád, že zůstanu s Amelinha!

Portugalsko

Budete se třást!

Ricardo

Uvidíme!

Portugalsko

Pak nechť party začne!

Muži jemně položili ženy na paži a odnesli je k posteli umístěným v ložnici jedné z nich. Když dorazí na místo, svléknou se a spadnou do krásného nábytku, začnou rituál lásky v několika pozicích, vyměňují si pohlazení a spoluvinu. Vzrušení a potěšení bylo tak velké, že přes ulici bylo slyšet sténání, které pohoršovalo sousedy. Myslím, že ne tolik, protože už věděli o své slávě.

Se závěrem shora se milovníci vracejí do kuchyně, kde pijí šťávu se sušenkami. Zatímco jedí, povídají si dvě hodiny, což zvyšuje interakci skupiny. Jak krásné bylo být u toho, učit se o životě a jak být šťastný. Spokojenost znamená být v pořádku sám se sebou a se světem, který potvrzuje své zkušenosti a hodnoty před ostatními, a nést jistotu, že nebude moci být souzen ostatními. Proto maximum, kterému věřili, bylo: "Každý je svou vlastní osobou".

Do soumraku se konečně rozloučí. Návštěvníci odcházejí a zanechávají "Drahé Pyreneje" ještě euforičtější při přemýšlení o nových situacích. Svět se stále točil směrem ke dvěma důvěrníkům. Ať mají štěstí!

Manický klaun

Přišla neděle a s ním spousta novinek ve městě. Mezi nimi i příchod cirkusu s názvem "Superstar", který se proslavil po celé Brazílii. To je vše, o čem jsme v této oblasti hovořili. Obě sestry byly přirozeně zvědavé a naprogramovaly se, aby se zúčastnily zahájení show naplánované na tento večer.

Blížící se rozvrh už byli oba připraveni jít ven po speciální večeři na oslavu svobodného člověka. Oblečeni na galavečer, oba předváděli simultánně, kde opustili dům a vstoupili do garáže. Když nastoupí do auta, začnou tím, že jeden z nich sejde dolů a zavře garáž. S návratem stejného může být cesta obnovena bez dalších problémů.

Opustíte čtvrť svatý Kryštof a zamíříte do čtvrti Dobrý výhled na druhém konci města, hlavního města vnitrozemí s přibližně osmdesáti tisíci obyvateli. Když se procházejí tichými uličkami, jsou ohromeni architekturou, vánoční výzdobou, duchy lidí, kostely, horami, o kterých jako by mluvili, voňavými slovními hříčkami vyměněnými ve spoluúčasti, zvukem hlasitého rocku, francouzským parfémem, rozhovory o politice, podnikání, společnosti, večírcích, severovýchodní kultuře a tajemstvích. Každopádně byli naprosto uvolnění, úzkostliví, nervózní i koncentrovaní.

Na cestě, okamžitě, padá jemný déšť. Proti očekávání dívky otevírají okna vozidla a malé kapky vody si mazání tváře. Toto gesto ukazuje jejich jednoduchost a autenticitu, skutečné sebe astrální šampiony. To je nejlepší volba pro lidi. Jaký má smysl odstraňovat selhání, neklid a bolest minulosti? Nikam by je nevzali. Proto byli šťastní díky svým volbám. I když je svět soudil, nestarali se, protože jim patřil jejich osud. Všechno nejlepší k narozeninám!

Asi deset minut cesty už jsou na parkovišti připojeném k cirkusu. Zavřou auto, chodí pár metrů do vnitřního dvora prostředí. Za to, že přijdou brzy, sedí na prvních bělidlech. Zatímco čekáte na show, kupují popcorn, pivo, upouštějí kecy a tiché hříčky. Nebylo nic lepšího, než být v cirkuse!

O čtyřicet minut později je představení zahájeno. Mezi zajímavosti patří žertovní klauni, akrobaté, umělci na hrazdě, zkroucení, glóbus smrti, kouzelníci, žongléři a hudební show. Tři hodiny žijí magické okamžiky, legrační, rozptýlené, hrají, zamilují se, konečně žijí. S rozpadem show se ujistěte, že jdou do šatny a pozdraví jednoho z klaunů. Dokázal je rozveselit, jako by se to nikdy nestalo.

Nahoře na pódiu musíte dostat čáru. Shodou okolností jsou poslední, kdo chodí do šatny. Tam najdou znetvořeného klauna, daleko od jeviště.

"Přišli jsme sem, abychom vám pogratulovali k vaší skvělé show. Je v tom Boží dar! Sledoval Belinha.

"Vaše slova a vaše gesta otřásla mým duchem. Nevím, ale všiml jsem si smutku ve vašich očích. Mám pravdu?

"Děkuji vám oběma za slova. Jak se jmenujete? Odpověděl klaun.

"Jmenuji se Amelinha!

"Jmenuji se Belinha.

"Rád vás poznávám. Můžete mi říkat Gilbert! V tomto životě jsem prožil dost bolesti. Jedním z nich bylo nedávné odloučení od mé ženy. Musíte pochopit, že není snadné oddělit se od své ženy po 20 letech života, že? Bez ohledu na to jsem rád, že mohu naplnit své umění.

"Chudák! To mi je líto! (Amelinha).

"Co můžeme udělat, abychom ho rozveselili? (Belinha).

"Nevím jak. Po rozchodu mé ženy mi moc chybí. (Gilbert).

"Můžeme to napravit, ne, sestro? (Belinha).

"Jasně. Jste dobře vypadající muž. (Amelinha)

"Děkuji, děvčata. Jste úžasní. zvolal Gilbert.

Bílý, vysoký, silný, tmavooký muž se už nečekal a dámy následovaly jeho příkladu. Nahá trojice šla do předehry přímo na podlaze. Více než výměna emocí a nadávky je sex bavil a rozveseloval. V těchto krátkých okamžicích pocítili části větší síly, Boží lásky. Skrze lásku dosáhli větší extáze, které člověk mohl dosáhnout.

Po dokončení aktu se obléknou a rozloučí. Ještě jeden krok a závěr, který přišel, byl, že člověk je divoký vlk. Manický klaun, na kterého nikdy nezapomenete. Už nic víc, cirkus nechávají stěhovat se na parkoviště. Nastupují do auta a vydávají se na zpáteční cestu. Příštích několik dní bylo slibováno další překvapení.

Druhý úsvit přišel krásnější než kdy jindy. Brzy ráno jsou naši přátelé potěšeni, když cítí teplo slunce a vánek putující v jejich tvářích. Tyto kontrasty způsobily ve fyzickém aspektu téhož dobrý pocit svobody, spokojenosti, spokojenosti a radosti. Byli připraveni čelit novému dni.

Soustředí však své síly a kulminují na jejich zvedání. Dalším krokem je jít do apartmá a udělat to s extrémní tuláctví, jako by byli ze státu Bahia. Samozřejmě ne proto, abychom ubližovali našim drahým sousedům. Země všech svatých je velkolepé místo plné kultury, historie a světských tradic. Ať žije Bahia.

V koupelně se svlékají z podivného pocitu, že nejsou sami. Kdo kdy slyšel o legendě o blonďaté koupelně? Po hororovém maratonu bylo normální dostat se do problémů. V následujícím okamžiku pokyvují hlavami a snaží se být tišší. Najednou přijde na mysl každému z nich, jejich politická trajektorie, jejich občanská stránka, jejich profesionální, náboženská stránka a jejich sexuální aspekt. Mají dobrý pocit z toho, že jsou nedokonalá zařízení. Byli si jisti, že vlastnosti a nedostatky přidávají k jejich osobnosti.

Navíc se zamykají v koupelně. Otevřením sprchy nechali horkou vodu protékat zpocenými těly kvůli horku předchozí noci. Kapalina slouží jako katalyzátor absorbující všechny smutné věci. To je přesně to, co teď potřebovali: zapomenout na bolest, trauma, zklamání, neklid ve snaze najít nová očekávání. Letošní rok byl v tomto klíčový. Fantastický obrat v každém aspektu života.

Proces čištění je zahájen použitím rostlinných hub, mýdla, šamponu, kromě vody. V současné době cítí jedno z nejlepších potěšení, které vás nutí pamatovat si lístek na útesu a dobrodružství na pláži. Intuitivně jejich divoký duch žádá další dobrodružství v tom, co zůstanou, aby co nejdříve analyzovali.

Situaci přálo volno dosažené v práci obou jako odměna za oddanost veřejné službě.

Asi na 20 minut odloží trochu stranou své cíle, aby prožili reflexní okamžik ve své intimitě. Na konci této aktivity vylezou z toalety, otření mokré tělo ručníkem, nosí čisté oblečení a boty, nosí švýcarský parfém, dovezený make-up z Německa s opravdu pěknými slunečními brýlemi a diadémy. Zcela připraveni, přesunou se k poháru se svými peněženkami na pásu a pozdraví se šťastní ze shledání v poděkování dobrému Pánu.

Ve spolupráci připravují snídani závisti: kuskus v kuřecí omáčce, zelenina, ovoce, kávový krém a sušenky. Ve stejných částech je jídlo rozděleno. Střídají chvíle ticha s krátkými výměnami slov, protože byli zdvořilí. Dokončená snídaně, není úniku nad rámec toho, co zamýšleli.

"Co navrhuješ, Belinha? Nudím se!

"Mám chytrý nápad. Pamatujete si na toho člověka, kterého jsme potkali na literárním festivalu?

"Vzpomínám si. Byl spisovatel a jeho jméno bylo Božské.

"Mám jeho číslo. Co kdybychom se s námi spojili? Rád bych věděl, kde bydlí.

"Já taky. Skvělý nápad. Udělej to. Budu to milovat.

"Dobře!

Belinha otevřela kabelku, vzala telefon a začala vytáčet. Za několik okamžiků někdo odpoví na řádek a konverzace začne.

"Dobrý den.

"Ahoj, Božský. Dobře?

"Dobrá, Belinha. Jak to jde?

"Daří se nám dobře. Hele, je ta pozvánka pořád na světě? Moje sestra a já bychom dnes večer chtěly mít speciální show.

"Samozřejmě, že mám. Nebudete litovat. Zde máme pily, hojnou přírodu, čerstvý vzduch mimo velkou společnost. I dnes jsem k dispozici.

"Jak nádherné. No, počkejte na nás u vchodu do vesnice. Za 30 minut jsme tam.

"Je to v pořádku. Uvidíme se později!

"Uvidíme se později!

Hovor končí. S úšklebkem se Belinha vrací, aby komunikovala se svou sestrou.

"Řekl, že ano. Budeme?

"No tak. Na co čekáme?

Oba pochodují od poháru k východu z domu a zavírají za sebou dveře klíčem. Pak se přesunou do garáže. Řídí oficiální rodinné auto a nechávají své problémy za sebou a čekají na nová překvapení a emoce na nejdůležitější zemi na světě. Městem se rozléhal hlasitý zvuk a nechával si svou malou naději pro sebe. V tu chvíli to stálo za všechno, dokud jsem nepomyslela na šanci být navždy šťastná.

S krátkým časem objíždí pravou stranu dálnice BR 232. Takže začíná kurz k úspěchu a štěstí. S mírnou rychlostí si mohou vychutnat horskou krajinu na břehu trati. Přestože to bylo známé prostředí, každá pasáž tam byla víc než novinka. Bylo to znovuobjevené já.

Procházejí místy, farmami, vesnicemi, modrými mraky, popelem a růžemi, suchým vzduchem a horkou teplotou. V naprogramovaném čase přicházejí k historický vstupu do brazilského vnitrozemí. Mimoso plukovníků, jasnovidců,

Neposkvrněného početí a lidí s vysokou intelektuální kapacitou.

Když se zastavili u vchodu do čtvrti, očekávali vašeho drahého přítele se stejným úsměvem jako vždy. Dobré znamení pro ty, kteří hledali dobrodružství. Když vystoupí z auta, jdou se setkat s ušlechtilým kolegou, který je přijme s objetím, které se stává trojnásobným. Zdá se, že tento okamžik nekončí. Už se opakují, začínají měnit první dojmy.

"Jak se máš, Božský? Zeptal se Belinha.

"Dobře, jak se máš? Odpovídal věštci.

"Skvělé! (Belinha).

"Lépe než kdy jindy, doplnila Amelinha.

"Mám skvělý nápad. Co kdybychom vylezli na horu Ororubá? Právě tam přesně před osmi lety začala moje literární dráha.

"Jaká krása! Bude to čest! (Amelinha).

"Pro mě taky! Miluji přírodu. (Belinha).

"Tak pojďme. (Aldivan).

Tajemná přítelkyně obou sester se vydala ulicemi v centru města. Vpravo, vstup na soukromé místo a chůze asi sto metrů je položí na dno pily. Rychle se zastaví, aby si mohli odpočinout a hydratovat. Jaké to bylo vylézt na horu po všech těch dobrodružstvích? Cítil jsem klid, sbírání, pochybnosti a váhání. Bylo to, jako by to bylo poprvé se všemi výzvami zdaněnými osudem. Najednou přátelé čelí velkému spisovateli s úsměvem.

"Jak to všechno začalo? Co to pro vás znamená? (Belinha).

"V roce 2009 se můj život točil v monotónnosti. To, co mě drželo naživu, byla vůle navenek to, co jsem cítil ve světě.

Tehdy jsem slyšel o této hoře a síle její nádherné jeskyně. Žádné východisko, rozhodl jsem se riskovat ve jménu svého snu. Sbalil jsem si tašku, vylezl na horu, splnil tři výzvy, které jsem byl akreditován, vstoupil do jeskyně zoufalství, nejsmrtelnější a nejnebezpečnější jeskyně na světě. Uvnitř jsem překonal velké výzvy tím, že jsem skončil, abych se dostal do sněmovny. V tomto okamžiku extáze se stal zázrak, stal jsem se jasnovidcem, vševědoucí bytostí skrze jeho vize. Zatím tu bylo dalších dvacet dobrodružství a já se hned tak brzy nezastavím. Díky čtenářům postupně dosahuji svého cíle dobýt svět.

"Vzrušující. Jsem váš fanoušek. (Amelinha).

"Dojemné. Vím, jak se musíte cítit, když se tohoto úkolu znovu zhostíte. (Belinha).

"Výborně. Cítím směs dobrých věcí, včetně úspěchu, víry, drápů a optimismu. To mi dává dobrou energii, řekl jasnovidec.

"Dobře. Co nám poradíte?

"Soustřeďme se. Jste připraveni zjistit lépe pro sebe? (mistr).

"To ano. Souhlasili s oběma.

"Tak mě následuj.

Trojice obnovila podnik. Slunce hřeje, vítr fouká trochu silněji, ptáci odlétají a zpívají, kameny a trny se pohybují, země se třese a horské hlasy začínají jednat. To je prostředí, které představuje na stoupání pily.

S mnoha zkušenostmi muž v jeskyni pomáhá ženám po celou dobu. Takto jednal a vložil do nich praktické ctnosti, jako je solidarita a spolupráce. Na oplátku mu propůjčili lidské teplo a nerovnoměrné odhodlání. Dalo by se říci, že to bylo nepřekonatelné, nezastavitelné, kompetentní trio.

Kousek po kousku jdou krok za krokem po krocích štěstí. Navzdory značným úspěchům zůstávají ve svém hledání neúnavní. V pokračování trochu zpomalí tempo chůze, ale udržují ji stabilní. Jak se říká, pomalu jde daleko. Tato jistota je provází po celou dobu vytvářením duchovního spektra pacientů, opatrnosti, tolerance a překonání. S těmito prvky měli víru, že překonají jakékoli protivenství.

Další bod, posvátný kámen, uzavírá třetinu kurzu. Je krátká přestávka a oni si ji užívají, aby se modlili, děkovali, přemýšleli a plánovali další kroky. Ve správné míře se snažili uspokojit své naděje, strach, bolest, mučení a zármutek. Protože mají víru, naplňuje jejich srdce nesmazatelný pokoj.

S restartem cesty se nejistota, pochybnosti a síla nečekaného vrací k činu. I když je to mohlo vyděsit, nesli si bezpečí bytí v přítomnosti Boha a malého výhonku ve vnitrozemí. Nic a nikdo jim nemohl ublížit jen proto, že to Bůh nedovolil. Uvědomovali si tuto ochranu v každém těžkém okamžiku života, kdy je ostatní prostě opustili. Bůh je v podstatě naším jediným věrným přítelem.

Dále jsou v polovině cesty. Výstup zůstává veden s větším nasazením a laděním. Na rozdíl od toho, co se obvykle děje s běžnými horolezci, rytmus pomáhá motivaci, vůli a doručení. I když to nebyli sportovci, bylo pozoruhodné jejich výkonem, že byli zdraví a odhodlaní mladí.

Po dokončení tří čtvrtin trasy se očekávání dostávají na nesnesitelnou úroveň. Jak dlouho budou muset čekat? V tomto okamžiku tlaku bylo nejlepší pokusit se ovládnout hybnost zvědavosti. Veškerá opatrnost byla nyní způsobena jednáním nepřátelských sil.

S trochou času konečně dokončí trasu. Slunce svítí jasněji, světlo Boží je osvěcuje a vychází ze stezky, strážce a jeho syna Renata. Všechno se úplně znovuzrodilo v srdci těch krásných maličkých. Zasloužili si tuto milost za to, že tak tvrdě pracovali. Dalším krokem jasnovidce je narazit na těsné objetí se svými dobrodinci. Jeho kolegové ho následují a pětinásobně obejmou.

"Rád tě vidím, synu Boží! Už dlouho jsem tě neviděl! Můj mateřský instinkt mě varoval před vaším přístupem, řekla rodová paní.

"Jsem rád! Je to, jako bych si vzpomněl na své první dobrodružství. Bylo tam tolik emocí. Hora, výzvy, jeskyně a cestování časem poznamenaly můj příběh. Návrat sem mi přináší dobré vzpomínky. Nyní s sebou přivádím dva přátelské bojovníky. Potřebovali toto setkání s posvátným.

"Jak se jmenujete, dámy? Zeptal se strážce hory.

"Jmenuji se Belinha a jsem auditor.

"Jmenuji se Amelinha a jsem učitelka. Žijeme v Arcoverde.

"Vítejte, dámy. (Strážce hory.)

"Jsme vděční! Řekli současně oba návštěvníci se slzami v očích.

"Miluji i nová přátelství. Být opět vedle svého pána mi dává zvláštní potěšení z těch nevyslovitelných. Jediní lidé, kteří vědí, jak to pochopit, jsme my dva. Není to tak, partnere? (Renato).

"Nikdy se nezměníš, Renato! Vaše slova jsou k nezaplacení. Přes všechno mé šílenství bylo jeho nalezení jednou z dobrých věcí mého osudu.

Můj přítel a můj bratr odpověděli jasnovidcům, aniž by

počítali slova. Vyšli přirozeně pro opravdový pocit, který ho živil.

"Jsme si dopisováni ve stejné míře. Proto je náš příběh úspěšný, řekl mladý muž.

"Jak hezké být v tomto příběhu. Neměl jsem tušení, jak zvláštní je hora ve své trajektorii, drahý spisovateli, řekl Amelinha.

"Je opravdu obdivuhodný, sestro. Kromě toho jsou vaši přátelé opravdu milí. Žijeme skutečnou fikci, a to je to nejúžasnější, co existuje. (Belinha).

"Vážíme si komplimentu. Musíte však být unaveni úsilím vynaloženým na lezení. Co kdybychom šli domů? Vždy máme co nabídnout. (Madame).

"Využili jsme příležitosti, abychom dohnali naše rozhovory. Renato mi moc chybí.

"Myslím, že je to skvělé. Pokud jde o dámy, co říkáte?

"Bude se mi to líbit. (Belinha).

"Budeme!

"Tak pojďme! Dokončil mistra.

Kvintet začíná kráčet v pořadí, které je dáno touto fantastickou postavou. Vzápětí se přes unavené kostlivce třídy valil studený úder. Kdo byla ta žena a jaké měla pravomoci? Navzdory tolika společným chvílím zůstalo tajemství zamčené jako dveře k sedmi klíčům. Nikdy by se to nedozvěděli, protože to bylo součástí horského tajemství. Zároveň jejich srdce zůstávala v mlze. Byli vyčerpaní z dárcovství lásky a nepřijímání, odpuštění a zklamání. Každopádně, buď si zvykli na realitu života, nebo budou hodně trpět. Potřebovali proto poradit.

Krok za krokem se dostanou přes překážky. Okamžitě uslyší

znepokojivý výkřik. Jedním pohledem je šéf uklidní. Takový byl smysl hierarchie, zatímco ti nejsilnější a nejzkušenější chránění, služebníci se vraceli s oddaností, uctíváním a přátelstvím. Byla to obousměrná ulice.

Je smutné, že procházku zvládnou s velkou a jemností. Jaký nápad se Belinha honil hlavou? Stáli uprostřed buše a byli pobiti ošklivými zvířaty, která by jim mohla ublížit. Kromě toho měli na nohou trní a špičaté kameny. Jako každá situace má svůj úhel pohledu, být tam byla jediná šance pochopit sebe a své touhy, něco deficitu v životě návštěvníků. Brzy to stálo za dobrodružství.

V polovině cesty se zastaví. Hned vedle byl ovocný sad. Míří do nebe. V narážce na biblický příběh se cítili naprosto svobodní a integrovaní s přírodou. Stejně jako děti si hrají na lezení po stromech, berou ovoce, sestupují dolů a jedí je. Pak meditují. Učili se, jakmile je život tvořen okamžiky. Ať už jsou smutní nebo šťastní, je dobré se z nich radovat, dokud jsme naživu.

V následujícím okamžiku se osvěžují v připojeném jezeře. Tato skutečnost vyvolává dobré vzpomínky na jednou, na nejpozoruhodnější zážitky v jejich životě. Jak krásné bylo být dítětem! Jak těžké bylo dospět a čelit dospělému životu. Žijte s falešností, lží a falešnou morálkou lidí.

Jdou dál, blíží se osudu. Vpravo po stezce už vidíte jednoduchou chatrč. To byla svatyně nejúžasnějších, nejtajemnějších lidí na hoře. Byly úžasné, což dokazuje, že hodnota člověka není v tom, co má. Ušlechtilost duše je v povaze, v lásce a poradenských postojích. Takže se říká: přítel na náměstí je lepší než peníze uložené v bance.

Několik kroků vpřed se zastaví před vchodem do kabiny. Dostanou odpovědi na vaše vnitřní otázky? Na tuto a další otázky mohl odpovědět pouze čas. Důležité na tom bylo, že tam byli pro všechno, co přijde a odejde.

Strážce převezme roli hostitelky, otevře dveře a umožní všem ostatním přístup do vnitřku domu. Vstupují do prázdné kóje a vše si vše doširoka prohlížejí. Jsou ohromeni jemností místa, které představuje výzdoba, předměty, nábytek a atmosféra tajemství. Naopak, bylo zde více bohatství a kulturní rozmanitosti než v mnoha palácích. Takže se můžeme cítit šťastní a úplní i ve skromném prostředí.

Jeden po druhém se usadíte na dostupných místech, kromě toho, že Renato půjde do kuchyně připravit oběd. Počáteční klima plachosti je narušeno.

"Rád bych vás lépe poznal, děvčata.

"Jsme dvě holky z Arcoverde City. Jsme šťastní profesionálně, ale poražení v lásce. Od té doby, co jsem byl zrazen svým bývalým partnerem, jsem byl frustrovaný, přiznal Belinha.

"Tehdy jsme se rozhodli, že se vrátíme k mužům. Uzavřeli jsme dohodu, že je nalákáme a použijeme jako objekt. Už nikdy nebudeme trpět, řekla Amelinha.

"Vyjadřuji jim veškerou svou podporu. Setkal jsem se s nimi v davu a nyní přišla jejich příležitost navštívit zde. (Syn Boží)

"Zajímavé. To je přirozená reakce na utrpení zklamání. Není to však nejlepší způsob, jak být následován. Posuzování celého druhu podle postoje člověka je jasná chyba. Každý má svou individualitu. Tato vaše posvátná a nestydatá tvář může vyvolat více konfliktů a potěšení. Je na vás, abyste našli správnou pointu tohoto příběhu. Co mohu udělat, je podpořit to, co udělal váš přítel a stát se doplňkem tohoto příběhu, analyzoval posvátného ducha hory.

"Dovolím to. Chci se ocitnout v této svatyni. (Amelinha).

"Přijímám i vaše přátelství. Kdo mohl tušit, že budu ve fantastické telenovele? Mýtus o jeskyni a hoře se zdá být takový. Mohu si něco přát? (Belinha).

"Samozřejmě, drahoušku.

"Horské entity mohou slyšet prosby pokorných snílků, jako se to stalo mně. Mějte víru! (syn Boží).

"Jsem tak nevěřící. Ale pokud to říkáte, pokusím se. Žádám o úspěšný závěr pro nás všechny. Nechť se každý z vás stane skutečností v hlavních oblastech života.

"Souhlasím! Uprostřed místnosti zahřmí hluboký hlas.

Obě děvky skočily na zem. Ostatní se mezitím smáli a plakali nad reakcí obou. Tato skutečnost byla spíše osudovou akcí. Jaké překvapení. Nebyl nikdo, kdo by mohl předvídat, co se děje na vrcholu hory. Vzhledem k tomu, že na místě zemřel slavný indián, pocit reality ponechal prostor pro nadpřirozeno, tajemství a neobvyklé.

"Co to sakra bylo za hrom? Zatím se třesu, přiznala Amelinha.

"Slyšel jsem, co ten hlas říkal. Potvrdila mé přání. Sním? Zeptal se Belinha.

"Zázraky se dějí! Časem budeš přesně vědět, co to znamená to říct, řekl mistr.

"Já věřím v horu a vy v ni musíte věřit také. Díky jejímu zázraku zde zůstávám přesvědčen a v bezpečí svých rozhodnutí. Pokud jednou selžeme, můžeme začít znovu. Vždy existuje naděje pro ty, kteří jsou naživu – ujistil se šaman jasnovidce, který ukázal signál na střeše.

"Světlo. Co to znamená? (Belinha).

"Je to tak krásné a jasné. (Amelinha).

"Je to světlo našeho věčného přátelství. I když fyzicky zmizí, zůstane v našich srdcích nedotčena. (Strážce

"Všichni jsme lehcí, i když ve význačných ohledech. Naším osudem je štěstí. (Psychika).

To je místo, kde Renato přichází a přichází s návrhem.

"Je čas, abychom šli ven a našli nějaké přátele. Nastal čas zábavy.

"Těším se na to. (Belinha)

"Na co čekáme? Je čas. (VÝKŘIKY)

Kvarteto vyráží do lesa. Tempo kroků je rychlé, což odhaluje vnitřní úzkost postav. Venkovské prostředí Mimoso přispělo k podívané přírody. Jakým výzvám byste čelili? Byla by divoká zvířata nebezpečná? Horské mýty mohly kdykoli zaútočit, což bylo docela nebezpečné. Ale odvaha byla vlastnost, kterou tam nesli všichni. Nic nezastaví jejich štěstí.

Nastal čas. V týmu byl černoch Renato a blonďatá osoba. V pasivním týmu byli Divine, Belinha a Amelinha. S vytvořením týmu začíná zábava mezi šedozelenou z venkovských lesů.

Černoch chodí s Božským. Renato randí s Amelinha a blonďák s Belinha. Skupinový sex začíná výměnou energie mezi šesticí. Byly všechny pro každého za jednoho. Žízeň po sexu a potěšení byla společná všem. Při změně pozic každý zažívá jedinečné pocity. Zkoušejí anální sex, vaginální sex, orální sex, skupinový sex mezi jinými sexuálními modalitami. To dokazuje, že láska není hřích. Je to obchod se základní energií pro lidskou evoluci. Bez viny si rychle vymění partnera, který poskytuje více orgasmů. Je to směs extáze, která zahrnuje skupinu. Tráví hodiny sexem, dokud nejsou unavení.

Po dokončení se vrátí na své původní pozice. Na hoře bylo ještě hodně co objevovat.

Prohlídka ve městě Pesqueira

Pondělní ráno krásnější než kdy jindy. Brzy ráno mají naši přátelé potěšení z pocitu tepla slunce a vánku, který putuje v jejich tvářích. Tyto kontrasty způsobily ve fyzickém aspektu téhož dobrý pocit svobody, spokojenosti, spokojenosti a radosti. Byli připraveni čelit novému dni.

Na druhou stranu soustředí své síly a vrcholí na jejich zvedání. Dalším krokem je jít do apartmá a udělat to s extrémní tuláctví, jako by byli ze státu Bahia. Samozřejmě ne proto, abychom ubližovali našim drahým sousedům. Země všech svatých je velkolepé místo plné kultury, historie a světských tradic. Ať žije Bahia!

V koupelně se svlékají z podivného pocitu, že nejsou sami. Kdo kdy slyšel o legendě o blonďaté koupelně? Po hororovém maratonu bylo normální dostat se do problémů. V následujícím okamžiku pokyvují hlavami a snaží se být tišší. Najednou každému z nich přijde na mysl jeho politická trajektorie, jejich občanská stránka, jejich profesionální, náboženská stránka a jejich sexuální aspekt. Mají dobrý pocit z toho, že jsou nedokonalá zařízení. Byli si jisti, že vlastnosti a nedostatky přidávají k jejich osobnosti.

Zamykají se v koupelně. Otevřením sprchy nechali horkou

vodu protékat zpocenými těly kvůli horku předchozí noci. Kapalina slouží jako katalyzátor absorbující všechny smutné věci. To je přesně to, co teď potřebovali: zapomenout na bolest, trauma, zklamání, neklid ve snaze najít nová očekávání. Letošní rok byl v něm klíčový. Fantastický obrat v každém aspektu života.

Proces čištění je zahájen použitím stěrače, mýdla, šamponu mimo vodu. V současné době cítí jedno z nejlepších potěšení, které je nutí pamatovat si průsmyk na útesu a dobrodružství na pláži. Intuitivně jejich divoký duch žádá další dobrodružství v tom, co zůstanou, aby co nejdříve analyzovali. Situaci přálo volno dosažené v práci obou jako odměna za oddanost veřejné službě.

Asi na 20 minut odloží trochu stranou své cíle, aby prožili reflexní okamžik ve své intimitě. Na konci této aktivity vylezou z toalety, otření mokré tělo ručníkem, nosí čisté oblečení a boty, nosí švýcarský parfém, dovezený make-up z Německa s opravdu pěknými slunečními brýlemi a diadémy. Zcela připraveni, přesunou se k poháru se svými peněženkami na pásu a pozdraví se šťastní ze shledání v poděkování dobrému Pánu.

Ve spolupráci připravují snídani závisti, kuřecí omáčku, zeleninu, ovoce, kávovou smetanu a sušenky. Ve stejných částech je jídlo rozděleno. Střídají chvíle ticha s krátkými výměnami slov, protože byli zdvořilí. Dokončená snídaně, není úniku, než zamýšleli.

"Co navrhuješ, Belinha? Nudím se!

"Mám chytrý nápad. Vzpomínáte si na toho chlápka, kterého jsme našli v davu?

"Vzpomínám si. Byl spisovatel a jeho jméno bylo Božské.

"Mám jeho telefonní číslo. Co kdybychom se s námi spojili? Rád bych věděl, kde bydlí.

"Já taky. Skvělý nápad. Udělej to. Rád bych.

"Dobře!

Belinha otevřela kabelku, vzala telefon a začala vytáčet. Za několik okamžiků někdo odpoví na řádek a konverzace začne.

"Dobrý den.

"Ahoj, Božský, jak se máš?

"Dobrá, Belinha. Jak to jde?

"Daří se nám dobře. Hele, je ta pozvánka pořád na světě? Já a moje sestra bychom dnes večer chtěly mít speciální show.

"Samozřejmě, že mám. Nebudete litovat. Zde máme pily, hojnou přírodu, čerstvý vzduch mimo velkou společnost. I dnes jsem k dispozici.

"Jak nádherné! Pak na nás počkejte u vjezdu do vesnice. Za 30 minut jsme tam.

"Dobře! Takže do té doby!

"Uvidíme se později!

Hovor končí. S úšklebkem se Belinha vrací, aby komunikovala se svou sestrou.

"Řekl, že ano. Půjdeme?

"No tak! Na co čekáme?

Oba pochodují od poháru k východu z domu a zavírají za sebou dveře klíčem. Pak jděte do garáže. Pilotovat oficiální rodinné auto, nechat své problémy za sebou čekat na nová překvapení a emoce na nejdůležitější zemi na světě. Městem se rozléhal hlasitý zvuk a nechával si svou malou naději pro sebe.

V tu chvíli to stálo za všechno, dokud jsem nepomyslela na šanci být navždy šťastná.

S krátkým časem objíždí pravou stranu dálnice BR 232. Takže začněte kurz k úspěchu a štěstí. S mírnou rychlostí si mohou vychutnat horskou krajinu na břehu trati. Přestože to bylo známé prostředí, každá pasáž tam byla víc než novinka. Bylo to znovuobjevené já.

Procházejí místy, farmami, vesnicemi, modrými mraky, popelem a růžemi, suchým vzduchem a horkou teplotou. V naprogramovaném čase přicházejí k historický vchodu do vnitrozemí státu Pernambuco. Mimoso plukovníků, jasnovidců, Neposkvrněného početí a lidí s vysokou intelektuální kapacitou.

Když jste se zastavili u vchodu do čtvrti, očekávali jste svého drahého přítele se stejným úsměvem jako vždy. Dobré znamení pro ty, kteří hledali dobrodružství. Vystupte z auta, jděte se setkat s ušlechtilým kolegou, který je přijme s objetím, které se stává trojnásobným. Zdá se, že tento okamžik nekončí. Už se opakují, začínají měnit první dojmy.

"Jak se máš, Božský? (Belinha)

"No, a co ty? (Jasnovidec)

"Skvělé! (Belinha)

"Lepší než kdy jindy" (Amelinha)

"Mám skvělý nápad, co kdybychom šli nahoru na horu Ororubá? Právě tam přesně před osmi lety začala moje literární dráha.

"Jaká krása! Bude to čest! (Amelinha)

"Pro mě taky! Miluji přírodu! (Belinha)

"Tak pojďme! (Aldivan)

Tajemný přítel obou sester se vydal do ulic centra města. Vpravo, vstup na soukromé místo a chůze asi sto metrů je položí na dno pily. Dělají rychlou zastávku, aby si odpočinuli a hydratovali. Jaké to bylo vylézt na horu po všech těch dobrodružstvích? Cítil jsem klid, sbírání, pochybnosti a váhání. Bylo to, jako by to bylo poprvé se všemi výzvami zdaněnými osudem. Najednou přátelé čelí velkému spisovateli s úsměvem.

"Jak to všechno začalo? Co to pro vás znamená? (Belinha)

"V roce 2009 se můj život točil v monotónnosti. To, co mě drželo naživu, byla vůle navenek to, co jsem cítil ve světě. Tehdy jsem slyšel o této hoře a síle její nádherné jeskyně. Žádné východisko, rozhodl jsem se riskovat ve jménu svého snu. Sbalil jsem si tašku, vylezl na horu, splnil tři výzvy, které jsem dostal za úkol vstoupit do jeskyně zoufalství, nejsmrtelnější a nejnebezpečnější jeskyně na světě. Uvnitř jsem překonal velké výzvy tím, že jsem skončil, abych se dostal do sněmovny. V tomto okamžiku extáze se stal zázrak, stal jsem se jasnovidcem, vševědoucí bytostí skrze jeho vize. Zatím tu bylo dalších dvacet dobrodružství a nehodlám tak brzy skončit. S pomocí čtenářů postupně dostávám svůj cíl dobýt svět. (syn Boží)

"Vzrušující! Jsem váš fanoušek. (Amelinha)

"Vím, jak se musíš cítit, když se tohoto úkolu znovu zhostíš. (Belinha)

"Velmi dobře! Cítím směs dobrých věcí, včetně úspěchu, víry, drápů a optimismu. To mi dává dobrou energii. (Jasnovidec)

"Výborně! Co nám poradíte? (Belinha)

"Soustřeďme se. Jste připraveni zjistit lépe pro sebe? (velitel)

"Jasně! Souhlasili s oběma.

"Tak mě následuj!

Trojice obnovila podnik. Slunce hřeje, vítr fouká trochu silněji, ptáci odlétají a zpívají, kameny a trny se pohybují, země se třese a horské hlasy začínají jednat. To je prostředí, které představuje na stoupání pily.

S mnoha zkušenostmi muž v jeskyni pomáhá ženám po celou dobu. Takto jednal a vložil do nich praktické ctnosti, jako je solidarita a spolupráce. Na oplátku mu propůjčili lidské teplo a nezatížitelnou oddanost. Dalo by se říci, že to bylo nepřekonatelné, nezastavitelné, kompetentní trio.

Kousek po kousku jdou krok za krokem po krocích štěstí. S odhodláním a vytrvalostí předjíždějí vyšší strom a dokončí čtvrtinu cesty. Navzdory značným úspěchům zůstávají ve svém hledání neúnavní. Byly proto, že gratuluji.

V pokračování trochu zpomalte tempo chůze, ale udržujte ji stabilní. Jak se říká, pomalu jde daleko. Tato jistota je neustále provází a vytváří duchovní spektrum trpělivosti, opatrnosti, tolerance a překonání. S těmito prvky měli víru, že překonají jakékoli protivenství.

Dalším bodem je posvátný kámen, který uzavírá třetinu kurzu. Je krátká přestávka a oni si ji užívají, aby se modlili, děkovali, přemýšleli a plánovali další kroky. Ve správné míře se snažili uspokojit své naděje, strach, bolest, mučení a zármutek. Protože mají víru, naplňuje jejich srdce nesmazatelný pokoj.

S restartem cesty se nejistota, pochybnosti a síla nečekaného vrací k činu. I když je to mohlo vyděsit, nesli si bezpečí bytí v přítomnosti Božího výhonku z vnitřku. Nic a nikdo jim nemohl ublížit jen proto, že to Bůh nedovolil. Uvědomovali si tuto ochranu v každém těžkém okamžiku života, kdy je ostatní prostě opustili. Bůh je fakticky naším jediným pravým a věrným přítelem.

Dále jsou v polovině cesty. Výstup zůstává veden s větším nasazením a laděním. Na rozdíl od toho, co se obvykle děje s běžnými lezci, rytmus pomáhá motivaci, vůli a doručení. I když to nebyli sportovci, bylo pozoruhodné, že jejich výkon byl zdravý a odhodlaný mladý.

Od třetího čtvrtletí se očekávání dostávají na neúnosnou úroveň. Jak dlouho budou muset čekat? V tomto okamžiku tlaku bylo nejlepší pokusit se ovládnout hybnost zvědavosti. Veškerá opatrnost byla nyní způsobena jednáním nepřátelských sil.

S trochou času konečně dokončí kurz. Slunce svítí jasněji, světlo Boží je osvěcuje a vychází ze stezky, strážce a jeho syna Renata. Všechno se úplně znovuzrodilo v srdci těch krásných maličkých. Tuto milost si zasloužili zákonem o pěstování plodin. Dalším krokem jasnovidce je narazit na těsné objetí se svými dobrodinci. Jeho kolegové ho následují a pětinásobně obejmou.

"Rád tě vidím, synu Boží! Dlouho nevidí! Můj mateřský instinkt mě varoval před tvým přístupem, rodová paní.

Jsem rád! Je to, jako bych si vzpomněl na své první dobrodružství. Bylo tam tolik emocí. Hora, výzvy, jeskyně a cestování časem poznamenaly můj příběh. Návrat sem mi přináší dobré vzpomínky. Nyní s sebou přivádím dva přátelské bojovníky. Potřebovali toto setkání s posvátným.

"Jak se jmenujete, dámy? (Strážce)

"Jmenuji se Belinha a jsem auditor.

"Jmenuji se Amelinha a jsem učitelka. Žijeme v Arcoverde.

"Vítejte, dámy. (Strážce)

"Jsme vděční! řekli současně oba návštěvníci se slzami v očích.

"Miluji i nová přátelství. Být opět vedle svého pána mi dává zvláštní potěšení z těch nevyslovitelných. Pouze lidé, kteří vědí, jak to pochopit, jsme my dva. Není to tak, partnere? (Renato)

"Nikdy se nezměníš, Renato! Vaše slova jsou k nezaplacení. Přes všechno mé šílenství bylo jeho nalezení jednou z dobrých věcí mého osudu. Můj přítel a můj bratr. (Psychika).

Vyšli přirozeně pro opravdový pocit, který ho živil.

"Jsme vyrovnaní ve stejné míře. Proto je náš příběh úspěšný," řekl mladý muž.

"Je dobré být součástí tohoto příběhu. Ani jsem nevěděl, jak zvláštní je hora ve své trajektorii, drahý spisovateli, "řekl Amelinha.

"Je opravdu obdivuhodný, sestro. Kromě toho jsou vaši přátelé velmi přátelští. Žijeme skutečnou fikci, a to je to nejúžasnější, co existuje. (Belinha)

"Děkujeme za kompliment. Přesto musí být unaveni úsilím vynaloženým při lezení. Co kdybychom šli domů? Vždy máme co nabídnout. (Paní)

"Využili jsme šance a dohnali rozhovory. Moc mi chybíš," přiznal Renato.

"To mi nevadí. Je to skvělé, pokud jde o dámy, co mi říkají?

"Budu to milovat!" Tvrdila Belinha.

"Ano, pojďme," souhlasila Amelinha.

"Tak pojďme!" Mistr uzavřel.

Kvintet začíná kráčet v pořadí daném tou fantastickou

postavou. Právě teď se do unavených kostlivců třídy valí studený van. Kdo byla ta žena, kdo to byla, která měla moc? Navzdory tolika společným chvílím zůstalo tajemství zamčené jako dveře k sedmi klíčům. Nikdy by se to nedozvěděli, protože to bylo součástí horského tajemství. Zároveň jejich srdce zůstávala v mlze. Byli vyčerpaní z dárcovství lásky a nepřijímání, odpuštění a zklamání. Každopádně, buď si zvykli na realitu života, nebo budou hodně trpět. Potřebovali proto poradit.

Krok za krokem překonáte překážky. V okamžiku slyší znepokojivý výkřik. Jedním pohledem je šéf uklidní. To byl smysl hierarchie, zatímco nejsilnější a zkušenější chránění, služebníci se vraceli s oddaností, uctíváním a přátelstvím. Byla to obousměrná ulice.

Je smutné, že procházku zvládnou s velkou a jemností. Jaká byla myšlenka, která se Belinha honila hlavou? Stáli uprostřed buše a byli pobiti ošklivými zvířaty, která by jim mohla ublížit. Kromě toho měli na nohou trní a špičaté kameny. Vzhledem k tomu, že každá situace má svůj úhel pohledu, byla tam jediná šance, že byste mohli pochopit sebe a své touhy, něco deficitního v životě návštěvníků. Brzy to stálo za dobrodružství.

V polovině cesty se zastaví. Hned vedle byl ovocný sad. Míří do nebe. V narážce na biblický příběh se cítili komplementárně svobodní a integrovaní s přírodou. Stejně jako děti si hrají na lezení po stromech, berou ovoce, sestupují dolů a jedí je. Pak meditují. Učili se, jakmile je život tvořen okamžiky. Ať už jsou smutní nebo šťastní, je dobré se z nich radovat, dokud jsme naživu.

V následujícím okamžiku se osvěžují v připojeném jezeře.

Tato skutečnost vyvolává dobré vzpomínky na jednou, na nejpozoruhodnější zážitky v jejich životě. Jak krásné bylo být dítětem! Jak těžké bylo dospět a čelit dospělému životu. Žijte s falešností, lží a falešnou morálkou lidí.

Jdou dál, blíží se osudu. Vpravo po stezce už vidíte jednoduchou chatrč. To byla svatyně nejúžasnějších, nejtajemnějších lidí na hoře. Byly úžasné, co dokazuje, že hodnota člověka není v tom, co má. Ušlechtilost duše je v charakteru, v postojích dobročinnosti a poradenství. To je důvod, proč říkají následující rčení, lepší přítel na náměstí má hodnotu než peníze uložené v bance.

Několik kroků vpřed se zastaví před vchodem do kabiny. Dostali odpovědi na své vnitřní otázky? Na tuto a další otázky mohl odpovědět pouze čas. Důležité na tom bylo, že tam byli pro všechno, co přijde a odejde.

Strážce převezme roli hostitelky a otevře dveře, které umožní všem ostatním přístup do vnitřku domu. Do jedinečné marné kóje vstupují sledováním všeho ve velkém zařízení. Jsou ohromeni jemností místa, které představuje výzdoba, předměty, nábytek a atmosféra tajemství. Naopak, na tomto místě bylo více bohatství a kulturní rozmanitosti než v mnoha palácích. Takže se můžeme cítit šťastní a úplní i ve skromném prostředí.

Jeden po druhém se usadíte na dostupných místech, kromě kuchyně Renato, připravíte oběd. Počáteční klima plachosti je narušeno.

"Rád bych vás lépe poznal, děvčata. (Strážce)

"Jsme dvě holky z Arcoverde City. Oba se usadili v profesi,

ale ztroskotali v lásce. Od té doby, co jsem byl zrazen svým bývalým partnerem, jsem byl frustrovaný, přiznal Belinha.

"Tehdy jsme se rozhodli, že se vrátíme k mužům. Uzavřeli jsme dohodu, že je nalákáme a použijeme jako objekt. Už nikdy nebudeme trpět. (Amelinha)

"Podpořím je všechny. Potkal jsem je v davu a teď nás sem přišli navštívit, a to donutilo výhonek interiéru.

"Zajímavé. To je přirozená reakce na utrpení zklamání. Není to však nejlepší způsob, jak být následován. Posuzování celého druhu podle postoje člověka je jasná chyba. Každý má svou vlastní individualitu. Tato vaše posvátná a nestydatá tvář může vyvolat více konfliktů a potěšení. Je na vás, abyste našli správnou pointu tohoto příběhu. Co mohu udělat, je podpořit to, co udělal váš přítel a stát se doplňkem tohoto příběhu, analyzoval posvátného ducha hory.

"Dovolím to. Chci se ocitnout v této svatyni. (Amelinha)

"Přijímám i vaše přátelství. Kdo mohl tušit, že budu ve fantastické telenovele? Mýtus o jeskyni a hoře se zdá být takový. Mohu si něco přát? (Belinha)

"Samozřejmě, drahoušku.

"Horské entity mohou slyšet prosby pokorných snílků, jako se to stalo mně. Mějte víru! motivoval Syna Božího.

"Jsem tak nevěřící. Ale pokud to říkáte, pokusím se. Žádám o úspěšný závěr pro nás všechny. Nechť se každý z vás stane skutečností v hlavních oblastech života. (Belinha)

"To přiznávám!" Zahřmí hluboký hlas uprostřed místnosti."

Obě děvky skočily na zem. Ostatní se mezitím smáli a plakali nad reakcí obou. Tato skutečnost byla spíše osudovou akcí. Jaké překvapení! Nebyl nikdo, kdo by mohl předvídat, co se děje na vrcholu hory. Vzhledem k tomu, že na místě zemřel slavný indián, pocit reality ponechal prostor pro nadpřirozeno, tajemství a neobvyklé.

"Co to sakra bylo za hrom? Zatím se třesu. (Amelinha)

"Slyšel jsem, co ten hlas říkal. Potvrdila mé přání. Sním? (Belinha)

"Zázraky se dějí! Časem budete přesně vědět, co to znamená říct. "Vychutnával si pána".

"Já věřím v horu a ty musíš věřit také. Díky jejímu zázraku zde zůstávám přesvědčen a v bezpečí svých rozhodnutí. Pokud jednou selžeme, můžeme začít znovu. Vždy existuje naděje pro ty, kteří žijí. "Ujistil šamana jasnovidce, který ukázal signál na střeše".

"Světlo. Co to znamená? v slzách, Belinha.

"Je tak krásná, bystrá a mluvená. (Amelinha)

"Je to světlo našeho věčného přátelství. I když fyzicky zmizí, zůstane v našich srdcích nedotčena. (Strážce)

"Všichni jsme lehcí, i když ve význačných ohledech. Naším osudem je štěstí," potvrzuje psychika.

To je místo, kde Renato přichází a přichází s návrhem.

"Je čas, abychom šli ven a našli nějaké přátele. Nastal čas zábavy.

"Těším se na to. (Belinha)

"Na co čekáme? Je čas. (Amelinha)

Kvarteto vyráží do lesa. Tempo kroků je rychlé, což odhaluje vnitřní úzkost postav. Venkovské prostředí Mimoso přispělo k podívané přírody. Jakým výzvám byste čelili? Byla by divoká zvířata nebezpečná? Horské mýty mohly kdykoli zaútočit, což bylo docela nebezpečné. Ale odvaha byla vlastnost, kterou tam nesli všichni. Nic by nezastavilo jejich štěstí.

Nastal čas. V týmu byl černoch Renato a blonďatá osoba. V pasivním týmu byli Divine, Belinha a Amelia. Tým se vytvořil; Zábava začíná mezi šedozelení z venkovských lesů.

Černoch chodí s Božským. Renato randí s Amélií a blondýnka s Belinha. Skupinový sex začíná výměnou energie mezi šesticí. Byly všechny pro každého za jednoho. Žízeň po sexu a potěšení byla společná všem. Měnící se pozice, každý z nich zažívá jedinečné pocity. Zkoušejí anální sex, vaginální sex, orální sex, skupinový sex mezi jinými sexuálními modalitami. To dokazuje, že láska není hřích. Je to obchod se základní energií pro lidskou evoluci. Bez pocitů viny si rychle vymění partnera, který poskytuje více orgasmů. Je to směs extáze, která zahrnuje skupinu. Tráví hodiny sexem, dokud nejsou unavení.

Po dokončení se vrátí na své původní pozice. Na hoře bylo ještě hodně co objevovat.

Konec